导　言

　　这是一本让你瞬间爱上长城、为它着迷、对它念念不忘的神奇图画书！

　　翻开这本书，小主人公汤米将带你走进一场跨越中西、穿越古今的瑰丽梦境，沿着时间之河，从 21 世纪的英国，回到 400 多年前的中国明朝，登上中国的万里长城。

　　你可以和汤米一起，亲眼见证明代长城修筑时期的壮观场景，参与蒙汉互市热闹非凡的交易过程，结识聪敏睿智、患难与共的朋友，遭遇沙漠迷途、暴雪封门的困顿，历尽长途跋涉、险象环生的艰辛……

　　绵延万里的中国长城，从一本《世界大剧院》地图集上的金色线条变成了鲜活的历史场景，又从历史缓缓走向今天。它默默屹立，承载着跨越民族、跨越国界的文化交流与融合，延续着中华民族不屈的精神与希望。

国家出版基金项目
NATIONAL PUBLICATION FOUNDATION

金色长龙

[英]威廉·林赛／著

李慧婷／译

刘振君／绘

中国少年儿童新闻出版总社
中国少年儿童出版社
北京

亚伯拉罕·奥尔特留斯先生，在比利时的安特卫普开了一家绘制地图的店铺，店里有十几个孩子，专门负责给地图上色。

奥尔特留斯先生拥有世界上已知所有地方的地图，他把这些地图装订成册，命名为《世界大剧院》，卖给对世界充满好奇的人们。

1584 年 5 月，制图店新来了一个 13 岁的男孩，名叫本杰明。他是一个很有创造力和想象力的孩子，对什么都好奇，最爱问问题。

"您为什么要把地图集称为'世界大剧院'？"本杰明好奇地问奥尔特留斯先生。

"因为地球就像一个巨大的剧院，世界各地的人们都在这个剧院的舞台上扮演着自己的角色。"

"那您是怎么知道世界上其他地方是什么样的呢？"本杰明又问。

"小伙子，我们正处于地理大发现的时代。"奥尔特留斯先生说，"从远方归来的水手、商人和传教士会带回世界各地的地图，他们可都是见过世面的人！"

编者按：当时尚没有禁止雇佣童工的相关法令。

这天上午，本杰明开始为一张新地图上色，地图上标着国家的名字——中国。

本杰明给大海涂上蓝色，给平原涂上淡绿色，给沙漠涂上黄色，再给山脉涂上棕色。至于地图上那些大大小小的城镇，本杰明都给它们涂上棕红色。

这张地图最吸引本杰明的，是上面那道曲线。那是一道墙，一道特别长的长墙！

"这道长墙太特别了，我要用最特别的颜色来展现它。对，金色！我要把这道长墙涂成金色！"这个想法让本杰明兴奋不已。

时光荏苒，转眼过了 426 年。

2010 年的一天，一场拍卖会在英国苏富比拍卖行举行。

"25 万英镑，25 万英镑，这位先生出价 25 万英镑！"拍卖师高声喊着，"25 万英镑一次，25 万英镑两次，25 万英镑三次，成交！"

"由亚伯拉罕·奥尔特留斯绘制的拉丁文版《世界大剧院》地图集出版于 1584 年，本次拍卖的是它的英文版，出版于 1606 年。它不仅装帧精美、颜色艳丽，而且完好无损。恭喜王先生！"

王先生有中国人的血统，他虽然没有到过中国，却精通中国历史和文化。王先生高价买下的，是在欧洲出版的第一本有中国地图的英文版世界地图集，距今已有四百多年的历史。更让人惊喜的是，中国地图上那道金色的长城，丝毫没有随着时光的流逝而褪色。

当天下午，王先生的儿子汤米放学回到家，像往常一样，放松地躺在爸爸书房的沙发上，顺手点开手机上的一个应用程序，收听他最喜爱的新闻节目。

此时，阳光透过窗户射进来，照亮了书架上那本翻开的《世界大剧院》地图集——被翻开的那一页，正是中国地图。

地图上金色的长城在阳光下闪亮夺目，宛如一条长龙，一下子就把汤米给吸引住了！

"根据中国政府的官方测量数据，明代长城的总长度为8851千米。"新闻广播员的声音从手机里传出来，"无巧不成书——今天，在伦敦苏富比拍卖行里，一本出版于1606年的《世界大剧院》地图集被来自利物浦的王先生以25万英镑的高价拍得。《世界大剧院》是第一本含有中国地图的英文版世界地图集，它让英语世界的人们第一次意识到，中国有一道如此伟大的长城……"

汤米不禁大叫："哇！这简直难以置信！"

原来，汤米手机号的前四个数字"1606"正好是地图集的出版年份，而后四个数字"8851"又恰巧是明代长城的总长度！

汤米饶有兴致地用手机给这张中国地图拍了一张照片。他反复端详着那道金色长城，仿佛接收到一个召唤，一个邀约——到中国去看看真实的长城！

爱好中文、喜欢旅行和野外求生的汤米不由得怦然心动。他打开"神奇旅行"软件，小心翼翼地输入"明代长城"，然后忐忑地盯着手机屏幕。渐渐地，屏幕变得模糊起来……

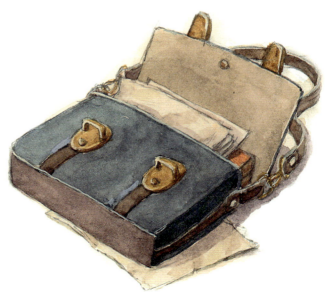

　　巍峨的长城近在咫尺，可是汤米还没来得及高兴，就被几个身着戎装的守卫抓起来，带到了关城衙门。

　　"你是谁？为什么来这儿？"长官厉声问道。

　　"我叫汤米，我收到一个信号……呃……其实是好几个信号……指引我来到这里。"汤米紧张得语无伦次。

　　"信号？"长官把汤米上下打量了一番，"所以你是个信使，擅长找路和辨认方向？"

　　"嗯，是的。"汤米回答。

　　"如果给你一个任务，从这里去镇北台，你知道该怎么走吗？"长官想考考汤米。

　　"先沿着河西走廊往东南走，祁连山会一直在我的右侧。我会依次经过酒泉、张掖和武威。从武威开始往东走一小时左右，我就可以往东北方向走……"

　　"好，你很聪明，就留下来当我的信使吧。我这边正好有一个紧急任务，需要你和另外两位信使共同完成。"

　　"我很荣幸。谢谢长官！"

第二天，天刚破晓，汤米就跟另外两位信使会合了。他们中的一位是和汤米年龄相仿的男孩。

"你好，我是汤米。"汤米跟他打招呼。

"你好，汤米，你有什么特殊本事？"男孩问汤米。

"嗯……我擅长找路，我还有地图。你呢？"

"我的眼力好，可以看到五十里以外的烽火台。我叫千里。"

"你好！"汤米转向另一位信使，那是一位看上去比他和千里小几岁的姑娘。

"你好！我叫双语，因为我既会讲汉语也会讲蒙古语。我的妈妈是汉人，我的爸爸是蒙古人。我还会射箭。"女孩说。

正在这时，长官走过来指着双语说："这次的信物有点特殊……她就是你们要护送的信物——镇北台的长官需要她。"

"什么？我？"女孩感到意外，两个男孩也摸不着头脑。

长官没有解释，安排完就走开了。三个小伙伴带着疑惑和使命，踏上了旅程。

　　三个小伙伴骑着骆驼，沿着长城一路向东。不一会儿，天空乌云密布，开始下雨了。

　　前方传来抑扬顿挫的口号声，伴随着激动人心的击鼓。那是一群民夫正在冒雨修筑长城——

　　我们终日工作，我们不计报酬，只为长城修得更长！
　　我们忙忙碌碌，我们筋疲力尽，只为长城修得更高！
　　我们背井离乡，我们历尽苦难，只为长城更加坚固！
　　我们必须阻挡入侵的铁蹄，保卫我们的庄稼和家园！

　　"他们为什么不躲躲雨呢？"汤米问。

　　"修筑夯土墙离不开水，可这里是戈壁滩，水源要么藏在很深的地下，要么得走很远才能找到。所以，民夫们宁愿冒雨修墙，可以省去运水的劳顿。"千里告诉汤米。

19

三位信使继续往前赶路。每走两千米左右，他们就会经过一个烽火台。
傍晚，他们来到一个墩堡，准备在这里借宿一夜。

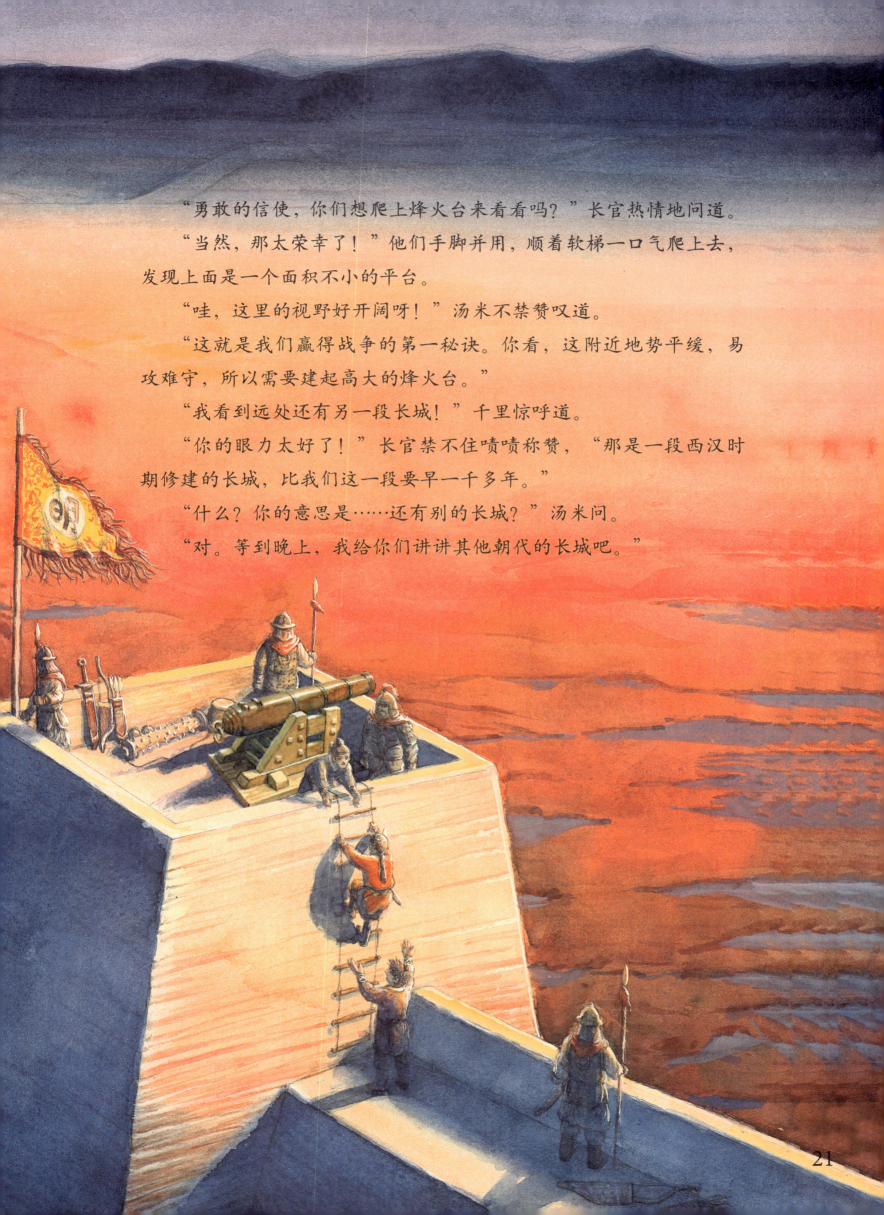

"勇敢的信使，你们想爬上烽火台来看看吗？"长官热情地问道。

"当然，那太荣幸了！"他们手脚并用，顺着软梯一口气爬上去，发现上面是一个面积不小的平台。

"哇，这里的视野好开阔呀！"汤米不禁赞叹道。

"这就是我们赢得战争的第一秘诀。你看，这附近地势平缓，易攻难守，所以需要建起高大的烽火台。"

"我看到远处还有另一段长城！"千里惊呼道。

"你的眼力太好了！"长官禁不住啧啧称赞，"那是一段西汉时期修建的长城，比我们这一段要早一千多年。"

"什么？你的意思是……还有别的长城？"汤米问。

"对。等到晚上，我给你们讲讲其他朝代的长城吧。"

21

高处不胜寒，三个小伙伴跟着长官走下烽火台，围着营帐内的火堆坐下来。长官拿出一卷纸，又从灰烬里抽出一截木炭当笔，快速在纸上画了一条黑线。

　　"这些是战国时期赵国修建的长城。秦始皇统一六国以后，将秦国与燕国的长城跟赵国的长城连在一起，形成秦朝自己的长城。"

　　"所以，"汤米说，"赵国长城、秦国长城、燕国长城加上起连接作用的长城，等于秦万里长城，对吗？"

　　"完全正确！"接着，长官把刚刚画上的黑线往西延长了一倍。

　　"西汉时期，军队征服了大片西部地区，于是又在秦朝长城的基础上，向西增修了很多段长城。"

　　"所以，"汤米继续总结，"秦万里长城加上汉代新修的长城，等于西汉时期的长城。"

　　"又对了！这样算真有意思。"

"这样看来，中国的版图越来越大，统治者就需要不断修筑新的长城。所以，下一个朝代的长城一定会更长。"汤米推断。

　　"这回你说错了。"长官笑着说，"汉朝灭亡以后，国家进入了一个长期分裂的时期，没能修筑起更长的长城。在北方，只有西晋、北魏、北齐、北周四个政权用过长城。"

　　"你为什么说'用'而不说'建'呢？"汤米好奇地问。

　　"因为他们没有足够的财力和劳力去承担如此浩大的工程，只能在前朝长城的基础上加以修整。"

　　"你怎么知道这么多呀？"千里敬佩地看着长官问道。

　　长官说："从永乐皇帝开始，我们家族的人就一直在北方的军队服役，至今已经有好几代了。"

旅程的第三天清晨，三个小伙伴辞别长官，赶在日出前出发了。

长城从河西走廊的东端继续向东延伸，沿着腾格里沙漠的边缘一直伸向黄河。

没过多久，一行三人又到达一座烽火台。

"别再往东走了！你们看，西边的长城都好好的，但东边的全都被沙尘暴埋得无影无踪了。"好心的守卫劝他们，"这座楼子叫'望沙楼'，专门用来观察沙漠流动的情况。再往东，沙砾像海水，沙丘像巨大无比的海浪，人每走一步就像跋涉在漩涡当中。你们不可能穿越沙漠的，太危险了。向南走，从沙漠的边缘绕行，大概走五六天，就能绕过腾格里沙漠。"

"但我们必须在七天内到达镇北台，没有那么多时间了，我们唯一的选择就是骑着双峰骆驼向东穿越沙漠。"汤米研究完地图，坚定地说。

主意已定，三位信使在望沙楼补充了水、干粮以及木柴，骑上"沙漠之舟"继续前行。

没过一会儿，他们已经看不见烽火台做饭用的营火了。

很快，那段距离他们最近的长城也看不见了。

他们骑着骆驼，骆驼迈着沉重的步履，沿着月牙形沙丘的脊线，慢慢地往前走。

沙漠中一片荒芜，目光所及都是起伏的沙丘。正午，太阳悬在头顶的时候，三个小伙伴发现，他们迷失方向了！

　　"我们该怎么办？"双语急得快要哭了。

　　"嘿，看那边，快看那个箭头！"千里指向天空。

　　"鸟群！"双语大叫道，"我爸爸说过，黄河湿地水草丰美，是鸟类重要的栖息地，经常有鸟群穿越沙漠，飞往黄河。我们找到黄河，就能找到长城了！"

　　"我们正好可以一路跟着它们！"汤米也喜出望外。

　　三个小伙伴赶紧朝着鸟儿飞翔的方向赶路。

渐渐地，天空中的鸟儿越来越少，天色
暗淡下来。三位信使又渴又饿，也该停下来
休息了。沙漠中的昼夜温差很大，双语准备
露一手——钻木取火，点起篝火！

汤米和千里对这项古老的本领惊叹不已。
三个人围着温暖的篝火喝水、吃饭，安然度
过了一夜。

奋力摩擦两根木头，
直至擦出火花。

加入骆驼毛，把火点燃。

等火苗稍大一些，再加入树枝和
树皮，篝火就生起来了！

第四天早上，旭日东升，三个小伙伴收拾好行囊，准备继续向黄河进发。

巧的是，又有一大群鸟儿排成字母 V 形阵飞来。天空中这壮观的鸟阵，在沙漠上投下一片巨大的影子。

三个小伙伴跟着鸟群，足足走了一天。其间还有数不清的鸟儿加入鸟群，投在沙漠上的影子变短又变长，仿佛一条移动的飞毯。

日落时分，三个小伙伴翻过一座大沙丘，猛然看见一条巨大的峡谷横亘在大地上，峡谷之间，大河奔腾，气势磅礴。是黄河！他们情不自禁地欢呼起来。

随后，他们乘坐羊皮筏子渡过黄河，抵达观河楼。

"去年那场恐怖的沙尘暴过后，你们是第一批从河对面来的人，太了不起了！"驻守观河楼的长官热情地欢迎他们。

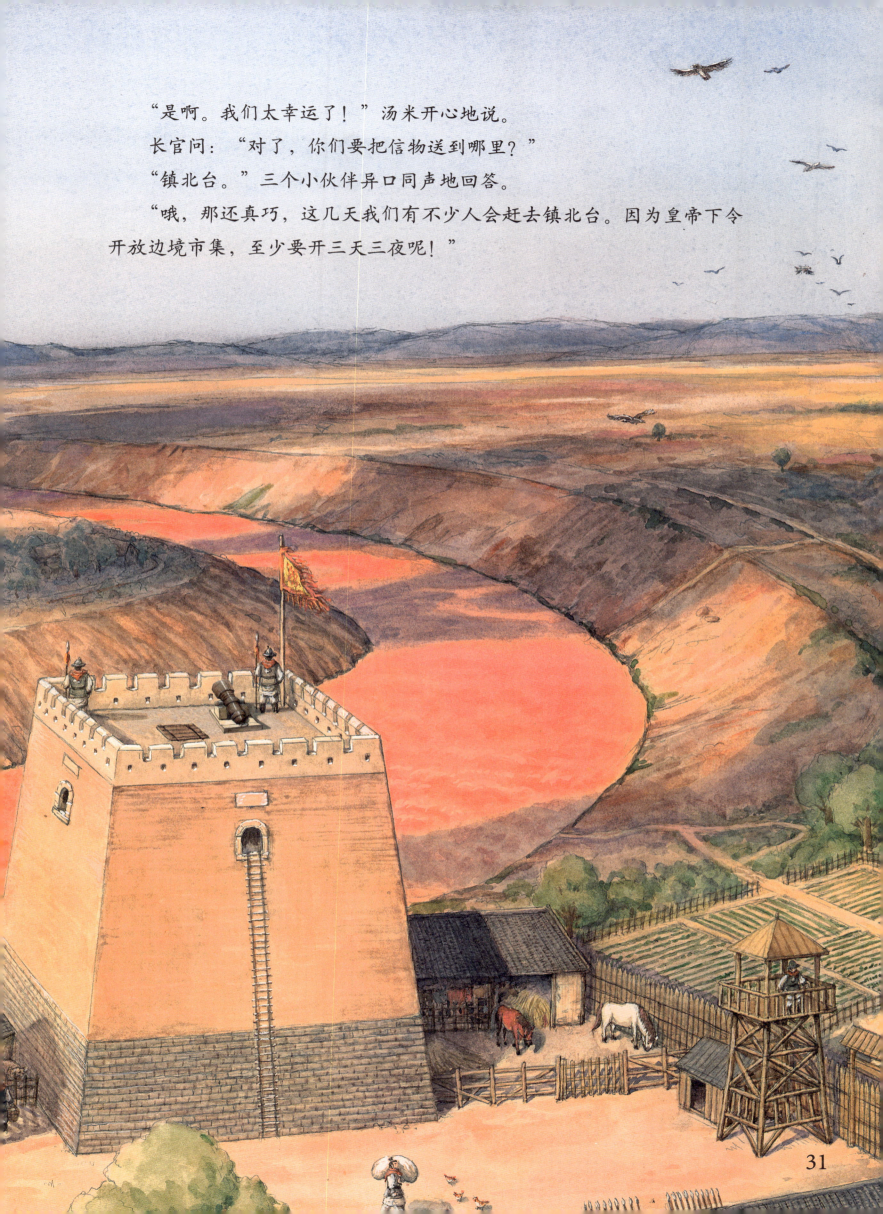

"是啊。我们太幸运了！"汤米开心地说。

长官问："对了，你们要把信物送到哪里？"

"镇北台。"三个小伙伴异口同声地回答。

"哦，那还真巧，这几天我们有不少人会赶去镇北台。因为皇帝下令开放边境市集，至少要开三天三夜呢！"

第五天一早，三个小伙伴朝东北方向出发，沿着长城穿越黄土高原。一路上，他们看到不少前往镇北台的马车，十分热闹。

"蒙汉互市的机会太难得啦！"一位年长的马车夫说。

"希望我们的货物能让他们生活舒适，大家能和平相处。"一个骑马的年轻小伙子说。

"蒙汉互市带来了暂时的和平。不过我们也不能掉以轻心，还是要继续修建长城！"年长的马车夫说。

穿过一大片榆树林，信使们终于看到了此行的目的地——镇北台。

三个小伙伴被带到了镇北台顶层。

"欢迎来到镇北台，勇敢的信使们。特别是你，双语！听说你既会说汉语又会说蒙古语。有你在，我们就能和蒙古人的首领对话，跟他们交换商品了。"长官热情地迎接他们。

"蒙古人不是想用马来换我们的茶叶吗，他们在哪里？"千里问。

"他们明天黎明时分才能来这里。蒙古人会带来马匹、动物的角和皮毛，还有珍贵的石头。除了金属制品和火药，任何东西都可以在蒙汉互市上交易。"

第二天，天刚蒙蒙亮，大家就被密集的鼓声惊醒。蒙古人的马队排成一列，往镇北台方向赶来。

"哇，我们的人要出去迎接蒙古人吗？"千里兴奋起来。

"那是必须的。镇北台前暗藏着很多铁蒺藜（jí li），我们的先遣队必须把蒙古人带到长城脚下的安全地带。"

长城脚下，蒙古人和汉人两支队伍有序地往中间靠，走近到一定距离，双方都停了下来。

长官热情地跟蒙古首领打招呼："欢迎来蒙汉互市，我们已经恭候多时了。"

双语把长官的话用蒙古语翻译了一遍。

蒙古首领回答："很高兴见到阁下，我们也一直期待着这一天。"

言毕，蒙古首领将一支长矛插进地里，以示化干戈为玉帛。然后，他将一把马头琴赠予长官。长官则将一个玉盘赠予首领作为回礼。

双语把酒倒在代表友谊的高足杯里递给他们，长官和首领一饮而尽。

开市仪式就此结束。

    蒙汉互市的第一天仅限于官方交易，双语在整个过程中担任翻译。

    明朝的长官用 100 壶酒、100 斤茶叶和 300 袋大米，换取了蒙古人的 500 匹骏马。

    蒙汉互市的后两天，民间交易如火如荼，一片兴旺。

    一位从都城来的商人，用一匹珍贵的丝质布料换了蒙古人的三匹马。

    "这下，我的儿子能威风凛凛地骑着高头大马回都城了！"商人自豪地说。

    "我的女儿能穿上最漂亮的丝绸衣服，在草原上举行盛大的婚礼了！"蒙古人也高兴地说。

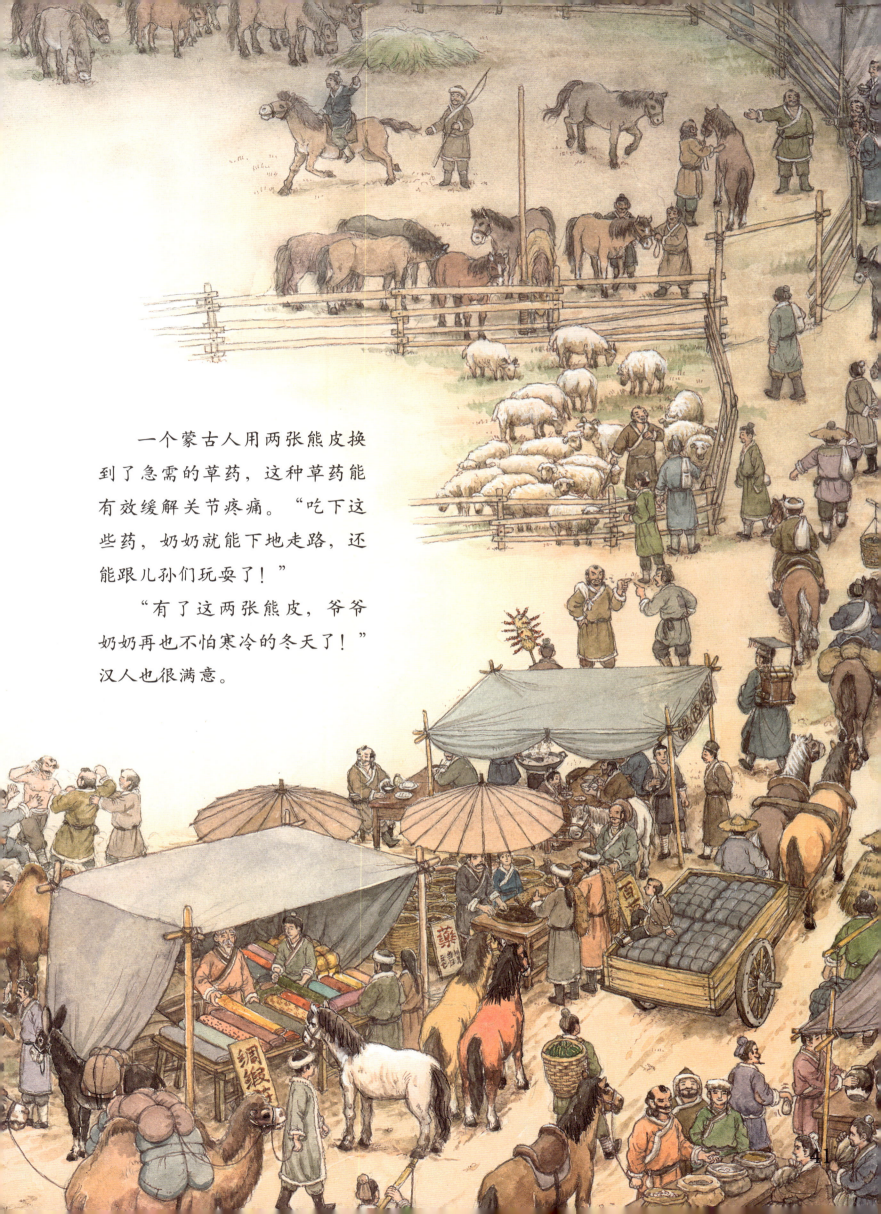

一个蒙古人用两张熊皮换到了急需的草药，这种草药能有效缓解关节疼痛。"吃下这些药，奶奶就能下地走路，还能跟儿孙们玩耍了！"

"有了这两张熊皮，爷爷奶奶再也不怕寒冷的冬天了！"汉人也很满意。

42

　　在这场蒙汉互市上，双语帮助一百多个家庭换到了他们想要的东西。她没有想到，更大的惊喜还在后头呢。

　　一个蒙古家庭带来了许多五颜六色的石头。

　　"我们想用这些漂亮的石头交换茶叶。"蒙古大叔说。

　　"我的茶叶很特别，哪怕是用苦水煮，喝起来依然可口。"双语帮一个汉人翻译。

　　"对，这就是我们想要的茶叶。在狼山北边的草原，每到干旱的冬天，井水就会变得很苦。"

　　"我知道。"双语说。

　　"你知道？你是怎么知道的？"蒙古大叔问。

　　"因为我爸爸的家就在那里。"

　　"你爸爸？他叫什么名字？"那位蒙古大叔更加好奇了。

　　"他叫新巴雅尔。"

　　"你……你说什么？新巴雅尔还活着？！他是我的亲弟弟啊，很多年前，他在一场沙尘暴中走丢了！"

　　"是的，爸爸给我讲过……"

　　就这样，双语和伯父、伯母、堂姐诃额仑竟然奇迹般地相认了。

当太阳再次升起的时候，为期三天的蒙汉互市宣告结束。驻守镇北台的明朝骑兵带领蒙古人避开暗藏的铁蒺藜，护送他们缓缓离去。

走出一段路后，蒙古人的一列纵队渐渐散开，有人往西去，有人往东走……最后，只剩下双语的伯父一家继续往北走了。

在马车里摇摇晃晃、藏了很长时间的三个小伙伴，终于可以出来伸伸胳膊，呼吸一下新鲜空气了。

原来，双语见自己的使命已经完成，便一门心思想随伯父去爸爸的老家看一看。汤米和千里也对长城以外的生活十分好奇，于是悄悄跑了出来，藏在车里。伯父伯母见事已至此，只好带着他们先回狼山，再作打算。

"辽阔的草原太漂亮了！"汤米被眼前的美景深深打动了。

44

他们在草原上走了整整一天，太阳快下山时，一行人、六匹马都累坏了。伯父看到不远处的灌木丛边有一口井，于是决定就地扎营。

伯父带着弓箭，从灌木丛里打来了三只野兔。伯母负责生火，四个年轻人挖野菜、烧水……很快，六个人围着火堆坐了下来。

从北边吹来的风越来越大，伯父把马车挪到火堆的北面，汤米和千里找来一些粗大的树枝，盖上动物的毛皮，做起了一面临时的挡风墙。

为了防止狼的嗥叫声把马吓跑，伯母再三检查拴马的缰绳，确保绳子足够结实。

他们吃得很香，也吃得很快，因为不一会儿就觉得寒气袭人了。

"你们四个先睡吧，我和伯母再添点柴。"伯父说，"我们得确保火一直烧着，这样才能防止野兽靠近营地。"

一夜无梦，汤米一觉醒来，发现天上下雪了。片片雪花像冰凉的吻，轻轻地落在他的脸颊上。紧接着，汤米听见一阵轰隆隆的声音——这声音好像不是从空中传来，而是从地下传来的。

轰隆隆的声音越来越近、越来越响，所有的人都被吵醒了。

　　大家举目远眺，只见成千上万头羚羊向他们奔驰而来，又奔驰而去……

　　"这可是我听过最特别的起床铃声！"汤米跟大家开玩笑说。

　　"这是蒙原羚，好壮观呀！"千里也非常兴奋。

　　伯母却紧张地说："我来煮茶，你们赶快收拾行囊。我们得马上启程，万一雪下大了，就不好找回家的路了。"

一行人很快收拾停当，启程赶路。庆幸的是，到了正午时分，雪渐渐消融，天也放晴了。视野变得清晰，伯父很快找到了地上的界碑。

伯母松了口气说："我们没有走错方向，傍晚应该就能到家了！"

"太好了，我可以靠在马鞍上美美地睡个午觉。"汤米说。

"千万别打瞌睡！"伯父连忙制止，"另外，只要骑着马，你的脚就一刻都不能离开马镫，否则一打盹儿就会掉下马去。"

"我明白了！"汤米马上反应过来，"马镫就像汽车的安全带一样，可以保护我的安全！"

路越走越熟，伯父带着一行人，顺利抵达了狼山。

"看，远处有一片蒙古包，还有升起的炊烟！"千里兴奋地喊道。

大家不觉精神一振：到家了！

一对六十多岁的蒙古夫妇走出帐篷迎接他们。当两位老人得知他们的小儿子新巴雅尔还活着，双语是他们亲孙女的时候，他们紧紧地拥抱住双语，激动得老泪纵横。

49

　　就这样，双语、汤米和千里在狼山脚下住了下来。草原上的一切都令他们感到新鲜有趣。

　　双语的堂姐诃额仑是个神箭手，她和三个小伙伴朝夕相处，教会他们射箭、摔跤，和他们一起赛马。很快，四个人成了无话不谈的好朋友。

快乐的时光总是过得很快，转眼天气变得越来越冷。

这天傍晚，附近的老老少少聚在诃额仑的家里，一边吃饭，一边充满好奇地询问长城以内的事。

"长城那边的人是怎么生活的呀？"一个蒙古男孩问双语。

"在他们生活的地方，气候和土壤都不错，所以他们很少搬家，过着定居的生活。"双语回答。

"他们也像我们这样，生活在蒙古包里吗？"一位老人问。

"他们不住在蒙古包里，而是住在由石头、木头和泥土筑成的屋子里。"千里回答。

"他们能吃饱吗？"一个妇女好奇地问。

"在风调雨顺的日子，他们吃饱喝足是没问题的……"双语耐心地解释。

晚宴结束后，蒙古包外悄悄下起雪来，雪花纷纷扬扬，飘满了天空，落满了大地。

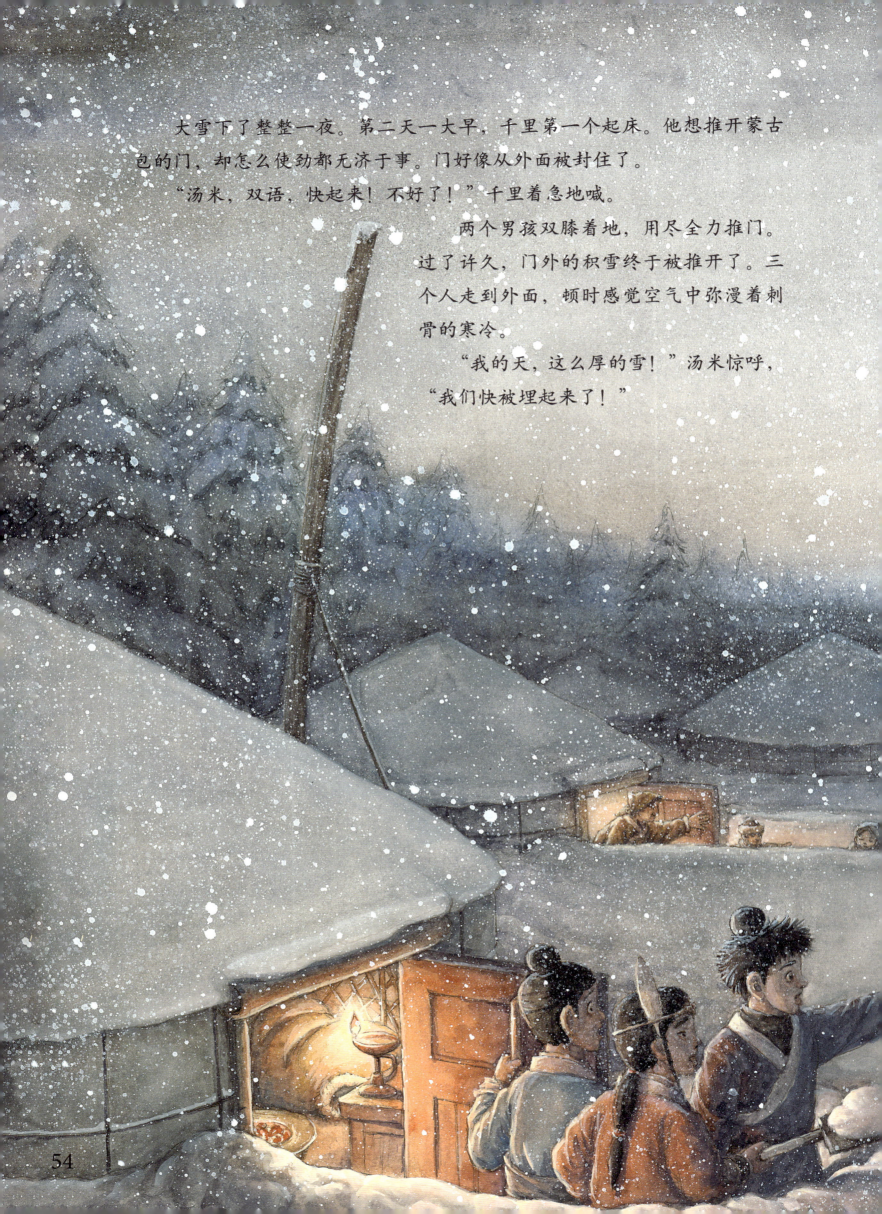

大雪下了整整一夜。第二天一大早，千里第一个起床。他想推开蒙古包的门，却怎么使劲都无济于事。门好像从外面被封住了。

"汤米，双语，快起来！不好了！"千里着急地喊。

两个男孩双膝着地，用尽全力推门。过了许久，门外的积雪终于被推开了。三个人走到外面，顿时感觉空气中弥漫着刺骨的寒冷。

"我的天，这么厚的雪！"汤米惊呼，"我们快被埋起来了！"

"嘘……他们在说什么？"双语仔细地听了听附近蒙古人慌乱的喊叫，脸上立刻蒙上了一层愁容。

　　"到底发生什么事了？"两个男孩不安地问，"他们说了些什么？"

　　"白灾，发生了白灾！"双语的声音颤抖不已，"'白灾'是一个让人恐惧的词，那是一种会把牲畜都杀死的自然灾害。"

　　"你们快看！"千里把手指向前方。

　　汤米顺着千里手指的方向望去，发现远处的牲畜都一动不动，像冰雕一样，完全被冻住了。

　　这时，伯父从齐腰深的雪中艰难地走过来，怀里抱着一大块冰——那是一只已经被冻死的羊羔。

　　"所有的山羊和绵羊都被冻死了，一只也不剩。"伯父的神情十分凝重。

　　"咱们必须马上离开这里，留下蒙古包和不重要的东西。如果再不赶往冬季营地，恐怕只有死路一条！"伯父强忍悲愤，语气坚定地说。

从高原夏季营地到低地草原冬季营地的迁徙仓促地开始了。几头高大的牛在前面开路，伯父带着全家人，还有剩下的七匹骆驼和二十二匹马，加速赶往温暖的冬季营地。

往年，人们有足够的时间拆除他们的蒙古包，和所有东西一起打包放进车里，然后不慌不忙地前往冬季营地。

但今年是个例外。所有家庭成员，包括双语、汤米和千里都穿上了所有能穿的衣服，身上只带了弓、箭袋、剑和匕首。

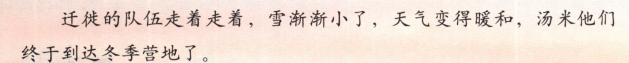

迁徙的队伍走着走着，雪渐渐小了，天气变得暖和，汤米他们终于到达冬季营地了。

阔别几个月后，营地里搭建蒙古包的东西仍然完好无损。木头柱子、木头板子、木门和一卷卷毛料墙散落在地上，大家开始七手八脚地组装起来。

未来的一百多天，他们将在这里度过整个冬季。

汤米想知道，人们为什么会选择这片草原作为他们的冬季营地。

"跟我来吧，我来告诉你原因。"伯父说。

三个小伙伴跟着伯父骑马走了没多久，就在一个圆圆的木头盖子前停住了。

"这个就是原因。"伯父故意卖关子，"你们打开看看下面有什么。"

原来，木头盖子下面是一口水井。

伯父从袋子里抽出一个小皮囊，从井里装满水后提上来。

"哈哈，终于可以喝水了！"汤米迫不及待地喝了一大口，立刻又吐了出来，"哎呀，这水是苦的！"

"现在你知道，我们为什么要大老远到长城脚下去参加蒙汉互市了吧。有了好的茶叶，我们才能用苦井水泡出可口的茶来。"伯父说。

看到伯父一家顺利地安顿下来，汤米一行人准备离开草原，返回镇北台。然而，来时的路已被大雪覆盖，他们不得不绕远路了。

诃额仑执意要和他们一同回去。

伯父虽然万般不舍，但还是同意了。他给他们做足了准备：四个小伙伴每人一匹马，外加一匹骆驼用来驮行李，还有用作寝具的毛皮以及衣服、水、食物和自护的武器。

临别时，奶奶郑重地将一碗牛奶洒向孩子们即将远行的方向。

"奶奶为什么要这么做？"汤米不解地问。

"这是蒙古人的传统，奶奶在祝福我们一路平安。"双语感动地说。

四个小伙伴告别亲人，骑马进入茫茫大草原。

走啊走，正当大家感到单调乏味时，前方出现一条壕沟，还有一道长长的土丘。

诃额仑说："以前，土丘上还有高高的木栅栏呢，据说这都是窝阔台的主意。窝阔台是成吉思汗的儿子，他想把羚羊都据为己有，不让它们去往其他地方。现在，木栅栏已经不见了，土丘也没有以前那么高了。"

夕阳西下，骑马走了一天的四个小伙伴准备安营扎寨。诃额仑走到百米开外的地方，双膝跪地，手掌朝上，开始祈祷。

诃额仑告诉大家，蒙古人喜欢在高远开阔的蓝天下祈祷。这是因为，蓝天下没有任何东西阻挡人与大自然的联结。

　　夜幕降临，四个人在林间空地上燃起篝火。天气清朗，噼啪作响的火焰和星光闪烁的夜空交相辉映。

　　"你们叫它什么？"诃额仑用手指向天。

　　"我叫它银河。"汤米回答。

　　"我也叫它银河。"千里说。

　　"我们叫它天缝。"诃额仑说。

　　"它离我们有多远呢？"双语问。

　　"很远很远，"千里说，"那距离比我们的长城还要长！"

　　"比无尽的草原还要宽广！"诃额仑说。

　　天亮以后，他们离开营地。走出不远，千里发现从小峡谷里流淌出一条小河。大家喜出望外，赶到河边洗脸、洗手，也让动物们喝足了水。

　　"长城一般建在靠近水源的地方，不然驻守的士兵们没法生活。看来，我们接近长城了。"汤米兴冲冲地说。

四个小伙伴休整片刻，继续赶路。在树林里骑马前行比步行更加困难，有时候得绕过大石头，有时候会碰到横在路中间的大树干。很快，他们开始想念在草原上纵马驰骋的畅快日子。

真可谓"心想事成"，他们发现，原本茂密的树林忽然变成了平坦的大地。地上光秃秃的，凡是长得比杂草高的东西都被砍掉了。路好走了，四个小伙伴策马扬鞭，加快了速度。

不料，双语的马踩到一个铁蒺藜，受伤了。幸好诃额仑懂点医术，很快给马处理了伤口，四个小伙伴才得以继续前行。

突然，千里的马踩到一块木板，一个石雷应声炸开了。

"你们发现了吗，好走的路不是埋着石雷，就是藏着铁蒺藜。看来，我们只能选择最难、最陡的路。"千里说。

"我们一定很快就能看见长城了。"诃额仑说，"我从小就听说长城很厉害！"

"停下！"千里忽然大喊一声。

他指向天际线："你们看，有烟！"

果然，远远的地方，一股股浓烟升腾起来，飘向天空，又被强风吹散。

"我敢打赌，那是'狼烟'！驻守在长城上的士兵发现敌人时，就会放狼烟，提醒附近的士兵。"汤米说。

"难道他们发现了我们，而且……把我们当成了敌人？"双语有点儿不确定。

"我们误踩了石雷，巨大的声响在山谷里回荡，他们肯定听到了。"汤米说。

四个小伙伴吓得赶紧下马，手脚并用，爬到高处。眼前的景象让他们大吃一惊——远处的山脊上"镶"满了长城，到处都是敌楼。几百个士兵在长城上跑来跑去。

千里说："糟糕，射手们已经把箭搭在弓上了，他们就藏在射孔后面……"

说时迟，那时快，无数支箭像雨点一般嗖嗖地朝四个小伙伴飞来。

"快躲起来！"汤米大吼一声。

等没什么动静的时候，汤米从岩石后面探出头来，看到地面上全插着箭，密集得就像豪猪身上的毛。

千里说："这样可不行，我们得想办法跟他们说上话。我先走一步，你们跟上！"

说完，千里借着石头的掩护，小心地向前方跑去。他在每块石头后面停留大概半分钟，确认安全后再奔向下一块石头。

千里现在离长城只有百来米远了。

"我们是朋友，我们是归来的信使，我们是中原人！"千里拼命朝前方喊道。

没有人给他任何回应。

他又喊了一遍。好像有人说话了，但千里听不清他们说的话。

"距离还是太远，他们听不清我们的话。如果我们能把想说的话写下来，递给他们就好了！"汤米说道。

他们找来一块桦树皮，用木炭写下"我是中原人"五个大字。

远处空心敌楼的旗杆上飘着一面龙旗，讨额仑对准龙旗拉满了弓，自信满满地把箭射了出去。

那支箭不偏不倚，正中旗杆！

一个士兵从旗杆上取下箭，向其他人嚷嚷着什么。

又过了一阵，几个小伙伴听到身后传来兵刃相碰的声音，没等他们反应过来，几个士兵已经举着剑把他们包围了。

四个小伙伴被捉进了敌楼。

一个明朝军官对他们说："我猜，你们十有八九是会说汉语的蒙古部密探。"

"你说什么？不是这样的！"双语赶紧辩解。

"那好，"军官指着讨额仑问，"你告诉我，为什么你们会和一个蒙古人在一起？"

四个小伙伴呆呆地站着，一时说不出话来。

"既然无话可说，那你们就留下来做苦力吧！"军官冷冷地说道。

于是，四个小伙伴被士兵押往工地。他们一会儿上台阶，一会儿下台阶，经过了许多个敌楼。当他们终于爬到山顶时，眼前的景象让他们倒吸了一口冷气。

整座山都在震动，数不清的人和牲畜排成长队，来来往往地搬运着修筑长城的材料。

木质脚手架立在山脊旁，密密麻麻。爆破声此起彼伏，到处烟尘滚滚。

汤米每天要将五十块厚重的石头
背到长城脚下……

诃额仑每天要把四十根木头滚运
到水沟旁……

　　工地上的劳动繁重而单调，没有休息日，也没有任何盼头。
白昼越来越短，四个小伙伴却觉得日子越来越长。

千里每天要把两千块砖头从砖窑
搬到马车上……

双语每天要抡起大锤子，不停地敲
打石灰石，直到累得再也抬不起胳膊……

那是寒风刺骨的一个夜晚，雪下了整整一夜。

冬雪是普通民工的"季节钟"，这"钟"一敲响，他们就可以歇工了，
等来年春暖花开时再工作。但是，作为犯人的苦力却没有假期。

黎明时分，汤米被冻醒了。他发现长城被白雪覆盖着，晨光洒在
雪上，铺上了一层温柔的金色。这让他想起很久以前的一个午后，他
在爸爸书房里看到的那道金色长城，宛如一条金色的长龙。

此时此刻，汤米多么想马上回到利物浦温暖舒适的家啊。

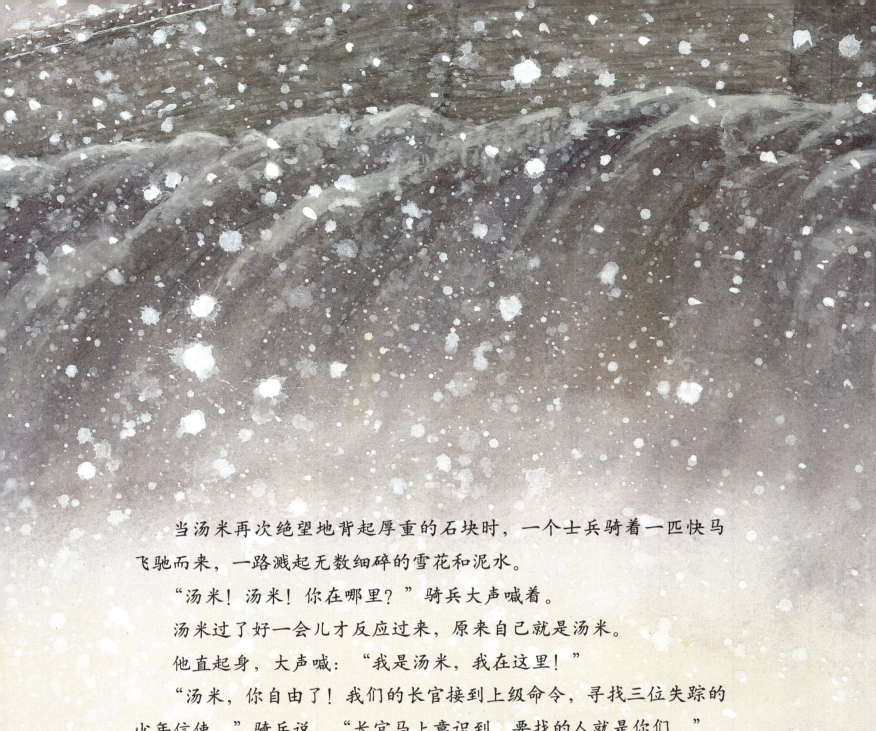

当汤米再次绝望地背起厚重的石块时，一个士兵骑着一匹快马飞驰而来，一路溅起无数细碎的雪花和泥水。

"汤米！汤米！你在哪里？"骑兵大声喊着。

汤米过了好一会儿才反应过来，原来自己就是汤米。

他直起身，大声喊："我是汤米，我在这里！"

"汤米，你自由了！我们的长官接到上级命令，寻找三位失踪的少年信使。"骑兵说，"长官马上意识到，要找的人就是你们。"

汤米简直不敢相信这是真的。

四个小伙伴就这样戏剧般地被解救了。

四个小伙伴在浸泡着药材的木桶里洗了澡，换上干净的衣服和漂亮的靴子。准备停当后，他们便向长官的住所出发了——他们受邀参加长官的晚宴。

　　"欢迎你们来到张家口长城！你们为朝廷做了三件好事。"长官说，"你们的故事会成为传奇！你们不远千里从嘉峪关到镇北台来帮助汉人与蒙古人沟通；然后又深入蒙古草原，帮我们打探蒙古人的情报；最后还为建造长城出了力！"

　　四个小伙伴都没有说话。

　　终于，汤米鼓起勇气说道："长官，您误会了。我们是去了蒙古草原，但不是去打探情报的……我们和蒙古人一起生活，亲眼看到了那里恶劣的天气和糟糕的生活条件，也感受到了他们顽强的生命意志。蒙古人为了活下去，不得不南下……"

"所以，"长官打断了汤米的话，"你的意思是，我们应该把土地和物资白白送给他们？"

"我不是这个意思。我们建议与蒙古人和谈，让长城内外的人有更多机会通过交易得到自己想要的东西。"

长官哈哈大笑："这个没问题，我会上报朝廷，尽快开启张家口长城一带的蒙汉互市！"

在舒适的床上酣睡一宿后，第二天早晨，长官带着四个小伙伴来到新建成的长城前，一面醒目的旗帜在迎风招展。

　　"这个阶段的工作异常艰苦，"长官说，"我们决定在新修的长城上镶嵌一块刻字的石碑，纪念为修建长城做出贡献的人。所以，你们的名字也将被刻在石碑上。"

　　四个小伙伴不由得惊喜万分。

　　更大的惊喜还在后面。长官说："我想请你们给这段长城命名，这个名字也会被刻在石碑上，世世代代被后人铭记。"

　　这可难不住四个小伙伴！他们中三个人很快达成了一致意见：谁从最远的地方来到这里，谁就有权利取这个名字。

　　千里、诃额仑和双语都微笑地看着汤米。

　　面对长官和伙伴们的盛情邀请，汤米激动得不知道说什么好。他又想起了很久以前那个神奇的下午，想起了那本特别的地图集，还有那一道在阳光下闪亮夺目的金色长城。

　　"金墙关！我们就叫它'金墙关'吧！"汤米脱口而出。

　　所有人都为汤米鼓掌，这的确是一个好名字！

85

　　神奇的旅程结束了，四个小伙伴踏上了回家的路。驻守长城的官兵和工匠列队欢送他们，每个人都向这四位勇敢的少年挥手道别。

　　数天后，千里和双语回到了嘉峪关，诃额仑回到了蒙古大草原。汤米呢？

　　只听"啪嗒"一声，汤米的手机掉在爸爸书房的地板上，汤米从漫长的睡梦中惊醒。夜幕降临，此时，2010 年的利物浦已是万家灯火……

　　回首梦中跌宕起伏的长城之旅，汤米感到不可思议。那些事，那些人，都历历在目，仿佛真的一般。

　　从此，汤米对中国、对长城的兴趣越加浓厚。长大后，他继续深入学习中国历史，成为一名大学教授，长期从事与长城有关的研究。

　　很多年以后，汤米带着妻子和父母一起访问中国。

　　汤米兴致勃勃地登上长城，令他又惊又喜的是，居然真的有一段长城名叫"金墙关"，墙体上真的镶着一块石碑。碑上的文字已经模糊不清，但它们仿佛有生命一样，令汤米感动得热泪盈眶。

这时，一个旅行团来到石碑前，导游开始为游客讲解"金墙关"这个名字的由来："秋天的时候，金黄色的叶子会覆盖这段长城，绚烂夺目……"

然而，在汤米心中，"金墙关"名字的由来，要归功于奥尔特留斯先生的《世界大剧院》地图集，以及地图集中那道深深打动汤米的金色长城。

你不知道的长城

1.《世界大剧院》：又称《寰宇全图》，是世界上首部现代地图集。

2. 安特卫普：比利时重要的商业中心和港口，也是欧洲著名的文化中心。在 16 世纪是欧洲最繁华的城市和港口之一，也是地图绘制与出版的中心。

3. 亚伯拉罕·奥尔特留斯（1527—1598）：比利时地理学家、地图绘制师、出版商。

4. 奥尔特留斯工作室绘制出版的中国地图，有两个与众不同的地方：第一，地图的方位不是上北下南，而是上西下东。第二，这幅地图描绘的是明朝版图，没有经过精确测绘，与现今的中国地图不同。

5. 苏富比：世界最具影响力的拍卖行，1744 年创立于英国伦敦。

6. 奥尔特留斯于 1584 年绘制出版的地图集《世界大剧院》，首次增加了明朝时期的中国版图。

7.《世界大剧院》中的中国长城使用金粉着色，因此它的拍卖价格昂贵。

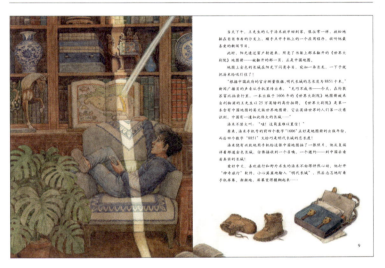

8. 明长城的长度一直是个谜，直到 2008 年才有了确定答案。2004 年至 2007 年间，中国政府组织专家对明长城进行了大规模的测量，结果显示明长城总长度为 8851.8 千米。

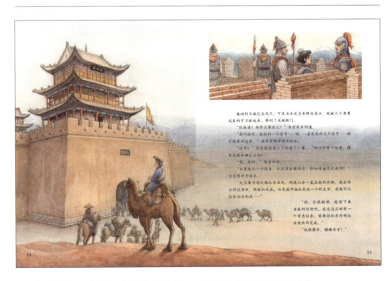

9. 嘉峪关：位于中国甘肃省，是明长城的最西端。

10. 河西走廊：嘉峪关的北部是戈壁大漠，南部是祁连山脉，这两者之间的狭长地域被称作河西走廊。在古代，河西走廊是从西部进入中原的唯一通道。

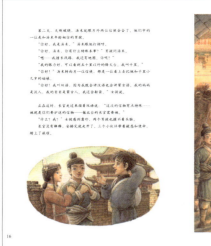

14. 墩台：夯土长城沿线均筑有墩台（烽火台）。墩台比旁边的墙体高出许多，这样有利于守军登高望远和举烽火。每一个墩台都可以看到前后的墩台，这样士兵就可以清楚地观察到其他墩台发出的信号。

15. 在墩台顶部，每天至少有两个士兵日夜巡逻。上面装备着武器，如弓弩、箭镞等冷兵器；也备有水缸。在明代末期，装有火药的石雷、火炮等火器也会在长城上使用。

16. 软梯：守卫长城的士兵借助一条用绳索做成的软梯爬上墩台的顶部。如今，在一些墩台的墙面上仍然可以辨认出软梯磨损的痕迹。

11. 嘉峪关关城：始建于明洪武五年（1372 年），是明长城防御系统中规模最大的关城。随着建筑工艺的改进和建筑方式的变化，嘉峪关关城从黄土夯筑、土坯加筑发展为青砖包砌。

12. 夯土墙：将潮湿的泥土装在木板模子里，一层一层夯实而成。泥土干了之后，夯土墙会变得十分坚硬。修建者经常利用夏季阴雨天，让泥土自然湿润，以节省运水的人力和物力。

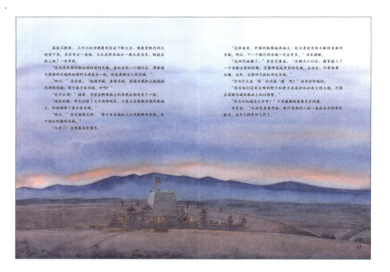

17. 第一条"万里长城"是在秦朝（公元前 221 年—公元前 206 年）修建的。历史学家司马迁在《史记》中记载，秦始皇统一六国后，为防御匈奴，在公元前 215 年下令修筑长城，将秦国、赵国和燕国的长城修补、加固并连接起来，绵延万里。

13. 墩堡：这座墩堡包括墩台（烽火台）和其他辅助建筑，是戍军居住的地方。堡内建有储水设施、存放粮草和武器的库房，并喂养有马匹、骆驼，用于传令和运输货物。

18. 腾格里沙漠：位于内蒙古西部和甘肃省中部，是中国第四大沙漠。

19. 双峰骆驼：世界上有两种骆驼，单峰骆驼和双峰骆驼。双峰驼骆是中国比较常见的。蒙古人的骆驼就是双峰骆驼。

20. "沙漠之舟"：在中国西北沙漠地区，骆驼是常见的"交通工具"，能够驮起 250 公斤左右的重物，被称为"沙漠之舟"。骆驼的平均寿命为 30 岁。双峰骆驼有着极强的耐寒能力和对高海拔的适应能力。它们一次能够喝进 60 升以上的水，并将脂肪储存在驼峰里。

21. 沙丘：图中的沙丘是新月形沙丘。这种沙丘的平面形如新月，看上去很美，但经常会随着风的移动而变换位置。沙丘迎风面坡度较小、沙质较硬，易于行走。沙丘背风面坡度大、沙质松软，行走起来很困难。

22. 黄河：全长约5500千米。黄河源自青藏高原巴颜喀拉山北麓的约古宗列盆地，流经青海、四川、甘肃、宁夏、内蒙古、陕西、山西、河南及山东九个省区，最后注入渤海。

23. 明长城从西到东在两个地方与黄河交汇，西边的交汇之处在宁夏，东边在山西和内蒙古交界处。

24. 羊皮筏子：在古代，生活在黄河中上游沿岸的先民多以牧羊为生。他们就地取材，把羊皮扎紧吹成皮囊并连接起来，再固定到木框上，做成可以在水上漂浮的羊皮筏子。随着交通运输业的不断发展，羊皮筏子早已不作为交通运输工具使用了，而是作为文化遗产保存了下来，活跃在黄河沿岸。

25. 镇北台：修建于1607年前后，明代主要是为保护蒙汉互市而修筑的军事瞭望台，也是举行开市仪式的地方。现在被称作"万里长城第一台"。

26. 蒙汉互市：中原民族和北方草原民族在特定的地点和时间进行商品交易的特殊贸易市场。互市期间，中原人用来交易的物品有茶叶、丝绸、中草药、酒、室内装饰物等；蒙古人有马匹、牛羊、大羊角、动物毛皮和稀有宝石等。

27. 镇北台"互市"规定：凡是带到市场的武器，均由市场管理者集中保管。在市场贸易结束后，武器的所有者方可领回自己的武器。

28. 开市仪式：在明代，驻守镇北台的长官与蒙古部落首领交换礼物后，汉人拿出酒，蒙古人牵来马匹，双方进行开市仪式的物物交换，同时检验对方物品的质量。这是一种建立公平交易规则的开市仪式，让百姓效仿。

29. 蒙原羚：蒙古羚羊名为蒙原羚，是大型群居动物。它们奔跑速度飞快，最高时速可达90千米。如果以70千米左右的时速奔跑，可以持续奔跑1小时。

30. 马镫：挂在马鞍两边的脚踏。早先用皮子或者纺织物做成，后来用金属制作。马镫的主要作用是让骑手在颠簸的路面上保持平衡，并且解放骑手的双手，让骑手可以在骑行的同时弯弓射箭或近身搏斗。

31. 蒙古包：蒙古族牧民传统民居。圆形尖顶，用木料、毛毡等材料搭建，便于拆装。

32. 白灾：大雪覆盖草原，使游牧的牧民和羊群迷失方向，交通受到严重阻塞。同时，因天寒地冻、粮草不足，人员受伤冻、牲畜被冻死，蒙古人称之为白灾。

33. 草原六畜：蒙古族牧民通常会同时饲养六种牲畜，它们是蒙古马、蒙古牛、牦牛、骆驼、山羊和绵羊，被称为"草原六畜"。马是最重要的家畜，它们亲近人类，奔跑速度快，平时劳作、战时参战；在危急时刻，马肉还可以充当救命的食物。

34. 一个蒙古包可以在几小时之内搭建完成。顶部和四周用毛毡覆盖，蒙古包内的四大结构是哈那（围墙支架）、天窗、椽子和门。蒙古包搭好后，再铺上厚厚的地毯，牧民们就可以舒服地住在里头了。

35. 蒙古人为家人和客人送行时，一般由一位女性长者用木勺将白色的鲜牛奶洒向长生天（蒙古民族的最高天神），以此保佑他们一路平安。白色是纯洁的象征，蒙古人崇尚白色。

36. 铁蒺藜：一种用铁制成的军用障碍物，其铁质尖刺像刺蒺藜，可布置在道路或者浅水中，用于阻碍敌军人马、车辆前行。蒺藜是一种中药材。

37. 石雷：一种火器，用石料凿刻而成，形状像菠萝，中空装满火药，并与点火装置连接。当它被触碰或点燃时，就会爆炸。

38. 长城通常修筑在高处，守军居高临下，不仅有利于观察敌情，而且在战斗中居于战略要地，易守难攻。这是《孙子兵法》中"不战而屈人之兵"的思想体现。

39. 当时，长城外侧约五里之内地面上的树丛通常会被砍伐，以避免敌人藏匿其中，发动突然袭击。

40. 射孔：在与敌人近距离对峙时，用于观察、射击和抛掷石雷。

43. 在两座敌楼之间修筑一段约 80 米长的长城，需要一百多个工匠经春秋两季才能完成。每完工一段会在墙里镶嵌一块城工碑，刻上修建的时间、长度，以及负责官员的姓名等。这些信息对长城考古和历史研究具有重要意义。

44. 在长城的墙体上曾经镶嵌着许多石碑和石匾，包括官员视察记录的"纪事碑"，记录某段长城修建情况的"城工碑"，标记敌楼编号的"门额"，以及文人墨客、文武官员等登临长城后有感而发的"诗词碑"等。

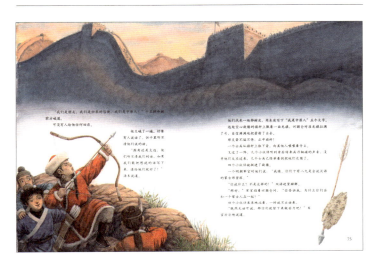

41. 空心敌楼：在明代被称为空心敌台，是明朝名将戚继光（1528—1588）于 1570 年前后创造并推广的新型防御型建筑。空心敌楼一般都建在山脊上或拐弯处，可用于传递信息、驻军、储藏粮草等，也可作为战时掩体。

42. 从明朝起，修建长城开始用砖。砖的制作方法是：先用土和水制成砖坯，再将砖坯放入砖窑烧制而成。迄今已发现的明长城沿线最大的砖场位于河北抚宁，当时每个月能烧制几十万块砖。

注释：

P4: MERIDIES: 南

CHINAE, ……: 中国地图，在路易滋·约奇手绘中国地图的基础上绘制。

ORIENS: 东

P5: OCCIDENS: 西

SEPTEMTRIO: 北

P6: LOT 186: 拍品系列号 186

Ortelius, Theatrum Orbis Terrarum (World Atlas), Antwerp/London, 1606:

奥尔特留斯绘制《世界大剧院》（又称《寰宇全图》），安特卫普 / 伦敦，1606 年

Current Bid：当前出价

Sotheby's：苏富比拍卖行

P7: Rare English text edition: 珍稀英文版

Mint condition: 状况完美

Contains 161 maps: 包含 161 张地图

First map of China published in Europe: 在欧洲出版的首张中国地图

Great Wall of China shown, heightened in gold: 中国万里长城用金色标识

创作谈

谱写万里长城的交响乐章

多年来，我一直想写一个基于史实的长城探险故事，并把它改编成一部音乐剧——舞台设在长城脚下，时间在一年中的黄金季节，也就是五月到十月。这出音乐剧里有上百位演职人员，视觉效果绚丽多彩，配乐出自交响乐团，演唱歌曲悦耳动听，故事情节惊喜连连。我的目的很简单：送给孩子们一份妙趣横生的礼物，让他们对中国的万里长城着迷。

我从小就是英国伦敦西区的音乐剧迷。根据我的经验，成功的儿童音乐剧也应当让成年人喜欢，因为出钱买单的正是他们。我把有关长城音乐剧的故事梗概写在两页纸上，然后就封存在抽屉里了，因为那个时候，中国音乐剧的时代还未到来。

后来，我产生了为孩子们写书的想法，它源于我参加的一次长城保护会议。当会议结束时，我意识到，尽管我已经50多岁，却仍是参会者中较为年轻的人之一。所以，我在自己的博客中写道："如果没有年轻人的参与，长城文化的保护和传承是没有希望的。我们需要用高质量、有品位、有趣味的长城读物来吸引更多青少年读者。"

中国少年儿童新闻出版总社的一位编辑看到我的博客，立刻询问我能否写一本书，激发孩子们对长城的兴趣。尽管儿童读物与我那些严肃的长城探险、研究和保护工作有些距离，我还是满口答应了。我找出了当年那两页手稿，让我欣慰的是，故事的框架足以经受时间的考验。

一天，我坐在书房的沙发上，面朝着挂满了画框的墙面。墙面上有一幅中国地图，是四个世纪之前由欧洲人绘制出版的。这张地图是我地图藏品中最珍贵的一张，中国的万里长城首次被绘制其上。在我细细观察地图的瞬间，一束耀眼的阳光从深棕色窗帘的缝隙中照射进来，落在地图上；光线又通过镜框玻璃的反射，刺痛了我的双眼。

在这个特殊时刻，我想象着，如果地图上的万里长城是金色的，那么它那长龙一般的形状将会反射到我头顶的天花板上。我马上起身拉上窗帘，遮住阳光，试图保护地图上的颜色。也就是在这个时候，一个绝妙的想法诞生了。我了解到，当年在欧洲为地图上色的都是童工。我好奇地想，这些欧洲的孩子为长城上色的时候，是否会注意写在下面的文字？我的思路已经开始穿越时空了！我将这本书命名为《金色长龙》，故事就发生在400多年前的欧洲，其中的很多场景都来自我探索长城时的亲身经历，比如沙尘暴、暴风雪、成百上千只蒙原羚在大草原上跳跃奔跑的景观。

随后，故事中的小主人公逐渐浮出了水面。我让一个名叫汤米的英国孩子进入梦境，在穿越长城途中遇到两个中国孩子"千里"和"双语"，之后又与蒙古孩子诃额仑结缘。四个小伙伴的奇遇，代表着东西方文明的交流，长城南北文化的沟通，以及长城内外与西方世界的联系——这也与我进行长城研究时重点关注的三个地域有关：中原地区、北方游牧民族地区和整个世界。此外，从时间线来看，这个故事也连接着过去、现在和将来。

这本《金色长龙》成功与否，需要借助小读者的检验，而这些小读者就是中国长城未来的守护者。至于《金色长龙》的未来，我有充分的信心实现多年前的理想——将它改编成一出精彩的音乐剧。

威廉·林赛（William Lindesay O.B.E)

2022.12.27

威廉·林赛（William Lindesay）

英籍历史地理学者，利物浦大学名誉研究员，美国探险家俱乐部成员。1987 年，威廉独步长城 2470 公里。1990 年定居中国后，他全身心投入长城探险、研究、保护和宣传事业，出版了 11 本与长城相关的著作，包括《独步长城》《亚洲印象：长城》《万里长城 百年回望》《万里长城 百题问答》《我的长城生活》《两个威廉与长城的故事》《小威廉长城历险记》《长城和美玉》《野长城》等。

威廉曾担任美国国家地理频道纪录片《跟着威廉走长城》和探索与发现频道纪录片《长城》《故宫》《兵马俑》的主持人；他和两个儿子杰米和汤米用无人机拍摄的纪录片《鸟瞰万里长城》先后在 40 个国家和地区播出。

1998 年，威廉获得中华人民共和国外国专家局授予的"友谊奖"；2006 年获得英国女王伊丽莎白二世授予的大英帝国官佐勋章(O.B.E)；2008 年获得北京市人民政府授予的"长城友谊奖"；2016 年获得英国皇家亚洲事务学会授予的"特别成就奖"；2022 年获得美国探险家俱乐部授予的"影响世界的探索者"称号。

万里长城上的"长征"

　　历时五年的绘制，《金色长龙》终于要和大家见面了，有一点激动，更多的是感慨。首先要感谢文字作者威廉和本书编辑对我的信任与耐心等待，这是我二十年图画书绘画生涯中，历时最久、投入精力最多的一本书。在这五年中，我仿佛经历了一次关于长城的长征，这里面有煎熬、有喜悦、有坚持、有收获、有成长，而能够支撑我走完这五年创作历程的，除了对于故事内容本身的喜爱，更有对于长城以及故事中西北大地的一种情感共鸣。现在回想起五年前和王仁芳老师第一次去作者威廉家中拜访，喝着红茶听威廉讲述他关于长城的故事，一切仿佛就在昨日。

　　这本书的创作过程是艰辛的，在最初构架本书的风格框架时我遇到了很大的难题。因为本书以长城为主线，里面涉及的很多内容，都是有真实历史背景且有实地环境可考的，例如夯土长城的修建、砖石长城的修建，明代的蒙汉互市、蒙古牧民的冬季转场等等，这些内容呈现为画面都有大量的细节需要去搜集和考证。这不仅仅对设计整合画面提出了更高的要求，而且需要调整自己以往的绘画风格，以满足画面内容的需要。然而调整十几年锤炼出的创作习惯谈何容易，这让我在开始创作的最初一两年里，非常困惑和痛苦，犹如捆缚着手脚在跳舞，久久无法找到能让自己满意的画面形式。

　　为了解决这个问题，我用了个笨办法。2018年以来，我每年夏季都会跑到书中主要的故事发生地——西北，从内蒙古、甘肃、宁夏，一直走到青海、西藏。在实地的采风中我切身地感受着长城的厚重底蕴与西北大地的雄浑广阔，这帮助我走出了最初创作的无所适从期，并从中逐渐找到了自己想要的画面表达方式，最终于2020年底完成了本书所有的线稿创作。再往后就是长达两年的成稿绘制，由于尺幅大，且细节较多，所以经常出现一张图的上色就需要两周才能完成的情况。接近100页的绘制对我的精力是一次很大的挑战，当然这段苦行僧般的经历也让我从中受益良多。

　　在图画书这个领域工作了二十年，我越来越相信，创作者与自己的某些作品有一种冥冥中注定的联系。他们的相遇是一种必然，而这种时候创作则像是一种使命，不管过程多么波折，最终都会被克服。在这五年的工作即将完成之际，在《金色长龙》即将出版之时，我的内心五味杂陈，仿佛一个女儿出阁前夜的父亲，很多的回忆涌上心头。五年的孕育，让我可以自豪地说，这是一本作者全心全意为它付出过的书！

　　最后，感谢威廉先生写了这部小说，也感谢编辑们从始至终的付出，这是我生命中一段美好而珍贵的经历！

刘振君

2022.11.30

刘振君

　　2018毕业于中央美术学院油画系综合材料绘画语言研修班，现为职业画家，童书制作人，2007年创办老渡江插画工作室，创作了大量优秀的童书绘本。

　　主要获奖作品有："丁丁当当"系列小说插图获2015年国际儿童读物联盟颁发的"优秀残障青少年图书奖"、中国出版协会"第五届中华优秀出版物奖"、当当网2006—2012年"十大优秀中国原创童书"。绘本《一颗子弹的飞行》获2019年"陈伯吹国际儿童图书奖（绘本）奖"，并入选第55届博洛尼亚国际儿童书展中国原创插画展。参与绘制的绘本"美丽中国"系列安徽卷获2021年"中国政府出版奖"。绘本《姊妹坡》获2021年"冰心儿童图书奖图画书奖"。

图书在版编目（CIP）数据

金色长龙 /（英）威廉·林赛著；李慧婷译；刘振
君绘 . -- 北京：中国少年儿童出版社，2023.1
ISBN 978-7-5148-7919-3

Ⅰ.①金… Ⅱ.①威… ②李… ③刘… Ⅲ.①儿童小
说 - 长篇小说 - 英国 - 现代 Ⅳ.① I561.84

中国版本图书馆 CIP 数据核字 (2023) 第 014970 号

JINSE CHANGLONG

出 版 发 行： 中国少年儿童新闻出版总社
中国少年儿童出版社

出 版 人：孙 柱
执行出版人：王小鲲

策　　划：王仁芳 李 虹	编 著 者：[英]威廉·林赛
特约审读：王雪农 滕振微	责任编辑：郭 妍 李 源 赵 舫
美术编辑：陈亚南	责任校对：秦 静
装帧设计：夏 天	责任印务：刘 潋

社　　址：北京市朝阳区建国门外大街丙 12 号	邮政编码：100022
编 辑 部：010-57526650	总 编 室：010-57526070
发 行 部：010-57526568	官方网址：www.ccppg.cn

印刷：北京利丰雅高长城印刷有限公司

开本：787mm×1092mm 　　1/8	印张：13.25
版次：2023 年 3 月第 1 版	印次：2023 年 3 月北京第 1 次印刷
字数：260 千字	印数：1-8000 册
ISBN 978-7-5148-7919-3	定价：168.00 元

图书出版质量投诉电话 010-57526069，电子邮箱：cbzlts@ccppg.com.cn

汤米、双语和千里穿越长城的路线

嘉峪关

镇北台